JN213333

シリーズ 詩はきみのそばにいる❶
きみの心が
歌いだすとき、
詩は……
日本児童文学者協会＋
ポプラ社編集部 編
ポプラ社

シリーズ

詩はきみのそばにいる❶

きみの心が
歌いだすとき、
詩は……

もくじ

1 詩はきみに問いかける

へび　ジュール・ルナール／辻 昶・訳……10
春殖　草野心平……11
春　安西冬衛……12
紺碧の空は――俳句一句　波戸辺のばら……13
雪　三好達治……14
霧　はたちよしこ……15
会話　杉山平一……16
耳　ジャン・コクトー／堀口大学・訳……17
「角円線辺曲」より　江口あけみ……18
棒高飛　村野四郎……24
天気　西脇順三郎……26
原爆詩集・序　峠 三吉……28
矢と唄　ヘンリー・ワズワース・ロングフェロー／水谷まさる・訳……30
報告　宮沢賢治……32
未来　谷川俊太郎……34

2 詩はきみを迷わす

どこかで春が　百田宗治……38
球根　新美南吉……40
春はすぐそこだけど――俳句二句　福田若之……42
たねいも　鈴木初江……44
月が出る　小川未明……46
木の葉　小林雅子……48
雨のうた　鶴見正夫……50
いのち　けやきだいさく（工藤直子）……52
かなぶん　清水ひさし……54
かぼちゃのつるが　原田直友……58
にわのバラ　石津ちひろ……60
イワンじいさん　帰ってきたなあ
～ベラルーシの歌（本橋成一『ナージャ　希望の村』より）……62
ほうほう鳥　山村暮鳥……64
ぼろぼろな駝鳥　高村光太郎……68
あしのうら　西條八十……70
みち（紘子に）　三井ふたばこ……72
冷蔵庫に　吉野　弘……74
木　高良留美子……78
われは草なり　高見　順……82

3 詩はきみをおどろかす

魔王 ヨハン・ヴォルフガング・フォン・ゲーテ／井上正蔵・訳 …… 86
臨終の子 ハンス・クリスチャン・アンデルセン／山室 静・訳 …… 90
小さな質問 高階杞一 …… 94
いき まど・みちお …… 96
千枚田 藤井かなめ …… 98
月夜のシャベル 大久保テイ子 …… 102
冬の満月 高木あきこ …… 104
蹴る いとうゆうこ …… 106
不思議 金子みすゞ …… 108
月夜の浜辺 中原中也 …… 110
夢で逢えたら 大瀧詠一 …… 112
糸 中島みゆき …… 116
夜明けの歌 ～アメリカ先住民族の詩／金関寿夫・訳 …… 120
「おもろそうし」より ～琉球歌謡 …… 123
月の歌 ── 琉歌三首 …… 124
望郷の歌 ～八重山・トゥバラーマ …… 125
春の朝 ロバート・ブラウニング／上田 敏・訳 …… 126

4 詩はきみをときめかす

レモン哀歌(あいか)　高村光太郎(たかむらこうたろう) …………… 128
胸(むね)の振子(ふりこ)　サトウハチロー …………… 130
ソネット集18　ウィリアム・シェイクスピア／柴田稔彦(しばたとしひこ)・訳(やく) …………… 132
宵待草(よいまちぐさ)　竹久夢二(たけひさゆめじ) …………… 134
初恋(はつこい)　島崎藤村(しまざきとうそん) …………… 136
逢(あ)いて来し夜は　室生犀星(むろうさいせい) …………… 138
もう少しだけ　Ayase（YOASOBI） …………… 140
きみを想う　――短歌・撰(せん) …………… 146
夜雨寄北／贈別二首　其二　――漢詩 …………… 150
痛(いた)い　工藤直子(くどうなおこ) …………… 152
ぴあの　谷川俊太郎(たにかわしゅんたろう) …………… 154
練習問題　阪田寛夫(さかたひろお) …………… 156

詩を書こう　心の奥(おく)の宝物(たからもの)をつたえよう　藤(ふじ)　真知子(まちこ) …………… 158
解説(かいせつ)　詩と出会う楽しみ　菊永(きくなが)　謙(ゆずる) …………… 160
この本に出てくる詩人たち …………… 164
出典一覧(いちらん) …………… 170
作品さくいん …………… 175
詩人・訳者(やくしゃ)さくいん …………… 178

○本シリーズでは、古典から現代の詩までをはばひろく取り上げ、俳句・短歌をのぞく詩は、現代のかなづかいに改めて掲載しています。また、旧字体も新字体に改め、編集部で適宜ふりがなをつけました。

1 詩はきみに問いかける

――私の耳は貝の殻(から)
海の響(ひび)きをなつかしむ――
(ジャン・コクトー/堀口大学(ほりぐちだいがく)・訳(やく)「耳」より)

へび

ジュール・ルナール／辻(つじ) 昶(とおる)・訳(やく)

長すぎる。

春殖

草野心平

るるるるるるるるるるるるるるるるるるるるるるるる

●春殖…春の生殖、生物が自分の分身をつくって、種を保存しようとすること。「春殖」は作者の造語。

春

てふてふが一匹韃靼海峡を渡って行った。

安西冬衛

●韃靼海峡…樺太とアジア本土をへだてる「間宮海峡」を諸外国ではタタール海峡と呼ぶ。韃靼海峡は、中国語の言いかた。長さは、およそ六三〇キロメートル。

紺碧の空は ——俳句一句

波戸辺のばら

紺碧の空はラの音冬が来た

●紺碧…黒みがかった濃い青色。

雪

三好達治

太郎を眠らせ、太郎の屋根に雪ふりつむ
次郎を眠らせ、次郎の屋根に雪ふりつむ。

霧(きり)

はたちよしこ

霧(きり)も
道に　迷(まよ)うことがある
なにも　見えないなかに
ぼんやり　立ちつくして

会話

杉山平一

私の前に坐っている若い男女
何を話しているのだろう
急に少女の頬がボーッと染った

耳

ジャン・コクトー　／堀口大学（ほりぐちだいがく）・訳（やく）

私の耳は貝の殻（から）
海の響（ひび）きをなつかしむ

「角円線辺曲」より

江口（えぐち）あけみ

正方形

何もかも　整っている
行儀（ぎょうぎ）の　いいこと
それは　もちろん
正しいに　決まっている

僕（ぼく）には　ちょっと
物足りないのさ
でも　それが
君なんだよね

三角形

どんなに　ころがっても
一つの辺で　立ち上がる
その姿（すがた）は　凛々（りり）しい

●凛々（りり）しい…すがたや態度（たいど）がきりっと引きしまっているようす。

逆立（さかだ）ちしても
おまえの　かたち
美しい

楕円（だえん）

わたしは　トラック
を　走るかんせい
そらが高い

わたしは　リンク
を　滑(すべ)るかんせい
ライトを映(うつ)す

円錐(えんすい)

中心に
引(ひ)っ張(ぱ)られているけれど

探(さが)して探(さが)して
ひとまわり

取り残されたり
浮(う)かんだり
一人芝居(しばい)の
スポットライト

台形

おおらかで
どっしりして

小さいものを
大きいものが
支えているんだね

頼りになる
君って素敵

棒高飛（ぼうたかとび）

村野四郎（むらのしろう）

彼（かれ）は地蜂（じばち）のように
長い棒（ぼう）をさげて駆（か）けてくる
そして当然のごとく空に浮（うか）び
上昇（じょうしょう）する地平線を追いあげる
ついに一つの限界（げんかい）を飛びこえると

彼は支えるものを突きすてた
彼には落下があるばかりだ
おお　力なくおちる
いまや醜く地上に顛倒する彼の上へ
突如　ふたたび
地平線がおりてきて
はげしく彼の肩を打つ

●地蜂…日本でよく見られるハチの一種。正式にはクロスズメバチ。
●顛倒する…さかさまになる。

天気

（覆《くつがえ》された宝石）のような朝
何人か戸口にて誰《だれ》かとささやく
それは神の生誕《せいたん》の日。

西脇順三郎《にしわきじゅんざぶろう》

原爆詩集・序

峠　三吉

ちちをかえせ　ははをかえせ
としよりをかえせ
こどもをかえせ

わたしをかえせ　わたしにつながる
にんげんをかえせ

にんげんの　にんげんのよのあるかぎり
くずれぬへいわを
へいわをかえせ

矢と唄(うた)

ヘンリー・ワズワース・ロングフェロー　／水谷(みずたに)まさる・訳(やく)

わたしが空に矢をはなったら
どこかわからぬ地べたに落ちた。
だってあんまり飛ぶのが早く
矢の行くさきが見られなかった。

わたしが空に唄(うた)をうたったら
どこかわからぬ地べたに落ちた。

だってすてきに眼のいい人でも
唄の飛ぶのが見えるだろうか？

ずっとずっとあとで矢は樫の木に
こわれもしないでささっていたよ。
それから唄はそっくりそのまま
わたしの友だちの心にあったよ。

●地べた……地面。

報告

宮沢賢治

さっき火事だとさわぎましたのは虹でございました
もう一時間もつづいてりんと張って居ります

●りんと…態度やすがたがきりっと引きしまっているようす。

未来

谷川俊太郎（たにかわしゅんたろう）

青空にむかって僕（ぼく）は竹竿（たけざお）をたてた
それは未来のようだった
きまっている長さをこえて
どこまでもどこまでも
青空にとけこむようだった

青空の底には
無限の歴史が昇華している
僕もまたそれに加わろうと――

青空の底には
とこしえの勝利がある
僕もまたそれを目指して――

青空にむかって僕はまっすぐ竹竿をたてた
それは未来のようだった

●昇華…物事がより高まること。
●とこしえ…いつまでも、ずっとつづくこと。

2 詩はきみを迷わす

――赤子のような手を開いて
ああ　今
空をつかもうとしている――
（原田直友「かぼちゃのつるが」より）

どこかで春が

百田宗治

どこかで「春」が
生れてる
どこかで水が
ながれ出す

どこかで雲雀(ひばり)が
啼(な)いている
どこかで芽の出る
音がする

山の三月
そよかぜ吹(ふ)いて
どこかで「春」が
うまれてる

球根（たま）

新美南吉（にいみなんきち）

この球根（たま）は
誰（だれ）か住んでる。
春の芽を
そろえているよ。

この球根に
誰かいきする。
花の芽を
だっこしてるよ。

この球根よ
誰かねている。
あたたかい
春をまってよ。

春はすぐそこだけど

——俳句二句

福田若之

春はすぐそこだけどパスワードが違う

ヒヤシンスしあわせがどうしても要る

●パスワード…コンピュータのシステムを利用する権利があることを証明する文字列。
●ヒヤシンス…春先に香りのよい花を咲かせる。冷涼な気候を好む。

たねいも

鈴木初江（すずきはつえ）

はこのなかの
じゃがいもは
とっくのむかしに
目をさましてる

—うえとくれ
うえとくれ
はたけの土に
うえとくれ

ちちいろの
ぷっちりふくれた
芽のさきは
むくむく
もこもこ
春のさいそく

●たねいも…種にするためのいも。そのまま植える。
●さいそく…催促。早くするようにということ。

月が出る

小川未明

だれが山でらっぱ吹く、
青い空から月が出る。
だれが野で太鼓打つ、
広い畑から月が出る。

だれが海で笛を吹く、
波の中から月が出る。
だれが町で歌うたう、
月がまんまるく照らしている。

木の葉

小林雅子

さながら　交通標識のように
木の葉は一枚一枚きらめく
それは　海越えて渡って来た
鳥たちへの暗号です

彼らに夏の宿を知らせる
無数の小さな反射鏡です

キラキラ　右へお行きなさい
キラ　　　左へ曲がりなさい

木の葉は一枚一枚きらめく
さながら　交通標識のように

●反射鏡…光学器械。光をまっすぐ反射させる「平面鏡」、光を広げる「とつ面鏡」、光を集める「おう面鏡」。

雨のうた

鶴見正夫

あめは　ひとりじゃ　うたえない、
きっと　だれかと　いっしょだよ。
やねと　いっしょに　やねのうた
つちと　いっしょに　つちのうた
かわと　いっしょに　かわのうた
はなと　いっしょに　はなのうた。

あめは　だれとも　なかよしで、
どんな　うたでも　しってるよ。
やねで　とんとん　やねのうた
つちで　ぴちぴち　つちのうた
かわで　つんつん　かわのうた
はなで　しとしと　はなのうた。

いのち

けやきだいさく（工藤直子）

わしの　しんぞうは
たくさんの
ことりたちである
ふところに　だいて
とても　あたたかいのである

だから　わしは
いつまでも
いきていくのである
だから　わしは
いつまでも
いきていて　よいのである

●けやきだいさく（工藤直子（くどうなおこ））…この詩「いのち」は、のはらの住人のひとり、けやきだいさくが話したことばを工藤直子（くどうなおこ）が書きとめたもの。

かなぶん

清水(しみず)ひさし

おれはいやだね
一生　かぶとをかぶり
かたときも　槍(やり)や刀
手放さないくらしなんて

はさみ
のこぎり

毒(どく)の牙(きば)
そんな武器(ぶき)
おれはいらないね

くぬぎの森の　えさ場で
そこをどけとおどされても
ぐずぐずそこをのかず
くさいねと　はねとばされても
仲間のかなぶんたちと
なんどでも
えさ場におしかけていくんだ

●**かなぶん**…コガネムシ科の甲虫(こうちゅう)。体長二五ミリメートルほど。夏、クヌギやナラの樹液(じゅえき)に集まる。
●**くぬぎ**…ブナ科の落葉高木。雑木林(ぞうきばやし)に多く、秋には球形のどんぐりがなる。

へこたれないって
心を強くしていけば
あとはいらないね

かぼちゃのつるが

原田直友（はらだ なおとも）

かぼちゃのつるが
はい上がり
はい上がり
葉をひろげ
葉をひろげ
はい上がり
葉をひろげ
細い先は

竹をしっかりにぎって
屋根の上に
はい上がり
短くなった竹の上に
はい上がり
小さなその先たんは
いっせいに
赤子のような手を開いて
ああ　今
空をつかもうとしている

●先たん…とがった、はしっこ。
●赤子…赤ん坊。

にわのバラ

石津ちひろ

にわのバラは
きせきてきに
きょうもげんき
きついかぜにも
しろいゆきにも
つよいあめにも
くじけることなく

にわのバラは
あかくさく
ちいさくさく
かたくさく
にわのバラは
きせきてきに
きょうもげんき

イワンじいさん　帰ってきたなあ

～ベラルーシの歌（本橋成一『ナージャ　希望の村』より）

イワンじいさん　帰ってきたなあ　村はいま春
じいさんが作った巣箱で　小鳥たちが　待っているよ
イワンじいさん　帰ってきたなあ　村はいま夏
じいさんが植えたりんごは　たくさんの実をつけて　待っているよ

イワンじいさん　帰ってきたなあ　村はいま秋
じいさんの家の前のしらかばが　黄金色の落ち葉の雨を降らせて　待っているよ
イワンじいさん　帰ってきたなあ　村はいま冬
じいさんの家もないし　だれもいない
でもなあ　あの雪の下には　たくさんのいのちが春を待っているよ

●**ベラルーシ**…ヨーロッパ東部の国。西はポーランド、南はウクライナに国境を接する内陸国。
●**しらかば**…カバノキ科の落葉高木。山地の日当たりのよい場所に生える。樹皮は白く、うすくはげる。

ほうほう鳥

やっぱりほんとうの
ほうほう鳥であったよ
ほう　ほう
ほう　ほう
こどもらのくちまねでもなかった
山のおくの
山の声であったよ

山村暮鳥（やまむらぼちょう）

＊

ほう　ほう
ほう　ほう
山奥(やまおく)のほそみちで
自分もないてる
ほうほう鳥もないてる

＊

自分がそこにもいて
ふと鳴いてるとおもわれたよ

●ほうほう鳥…ほうほうと鳴く鳥はフクロウか、フクロウの仲間のアオバズクか。あるいは、キジバトか。

ほう　ほう
ほう　ほう

＊

ほう　ほう
ほう　ほう
ほんとうのほうほう鳥より
自分のほうが
どうやら
うまく鳴いている

あんまりうまく鳴かれるので
ほんとうのほうほう鳥は
ひっそりと
だまってしまった

ぼろぼろな駝鳥(だちょう)

高村光太郎(たかむらこうたろう)

何が面白くて駝鳥(だちょう)を飼(か)うのだ。
動物園の四坪(つぼ)半のぬかるみの中では、
脚(あし)が大股(おおまた)過(す)ぎるじゃないか。
頸(くび)があんまり長(なが)過(す)ぎるじゃないか。
雪の降(ふ)る国にこれでは羽がぼろぼろ過(す)ぎるじゃないか。
腹(はら)がへるから堅(かた)パンも食うだろうが、

駝鳥(だちょう)の眼(め)は遠くばかり見ているじゃないか。

身も世もない様に燃(も)えているじゃないか。

瑠璃色(るりいろ)の風が今にも吹(ふ)いて来るのを待ちかまえているじゃないか。

あの小さな素朴(そぼく)な頭が無辺大の夢(ゆめ)で逆(さか)まいているじゃないか。

これはもう駝鳥(だちょう)じゃないじゃないか。

人間よ、
もう止(よ)せ、こんな事は。

●**駝鳥(だちょう)**…現在(げんざい)生息している鳥類のなかでは、もっとも大きな鳥。大きなオスでは、体重一五〇キログラム、頭高二・四メートル以上になる。
●**四坪半(つぼ)**…一坪(つぼ)は、たたみ二畳(じょう)分ほどの広さ。四坪(つぼ)半は約九畳(じょう)。
●**瑠璃色(るりいろ)**…紫(むらさき)がかった深い青色。
●**無辺大**…際限(さいげん)のない大きさ。

あしのうら

西條（さいじょう）八十（やそ）

赤いカンナの
花蔭（はなかげ）に
にょきり　出ている
蹠（あしのうら）

主（ぬし）は誰（だれ）やら
知らねども
白く　小さな

指五つ

朝来て　午来て
晩に見りゃ
母さんによく似た
蹠

ちょいと触れば
消え失せて
赤いカンナの
花ばかり。

みち（紘子に）

三井ふたばこ

あなたの髪を梳きつつ
思うこと

わたしが死んでしまっても
なお　のびつづけるであろう
この愛しい髪

なお降りつづけるであろう
今日のような細い春雨

なお　つづくであろう
運命のうねった小径（こみち）

この一瞬（いっしゅん）　わたしの櫛（くし）は
不気味な戦慄（せんりつ）とともに
みしらぬ未来の国をかすめる

あなたの髪（かみ）を梳（す）きつつ
思うこと

●戦慄（せんりつ）…おそろしくて、ふるえること。

冷蔵庫に

吉野　弘

冷蔵庫
お前、唸ってたな
生きものみたいに
深夜

歌っていたのかもしれないが
それにしては陰気な歌だった
冷蔵庫
生きものの真似をしていたのか、お前

冷蔵庫
間違っても
生きものの感情なんて身につけてはいけないよ
機械以外のものになってはいけない

冷蔵庫
設計された働き以上のことをしてはいけない
休み休み、働いていればいい
如何にあるべきかなんて苦悶するんじゃないよ

ロボットに感情を持たせようなどと

人間が考え始めるご時世だが
そんな馬鹿(ばか)な夢想(むそう)の相手をしてはいけない
生きものになれば確実(かくじつ)につらいことがふえる

人間は何十万年もドタバタ見苦しく生きてきたのに
まだ自分に愛想(あいそ)を尽(つ)かすことも知らない
そういう狂(くる)った生きものなんだから
人間を見習ってはいけない

ただ、設計(せっけい)されただけの働きを
休み休み、果たしていればいい
知らずに与(あた)えられた機械の幸福というものを

お前は破らぬほうがいい

わかったな

な

木

高良留美子（こうらるみこ）

一本の木のなかに
まだない一本の木があって
その梢（こずえ）がいま

風にふるえている。

一枚のなかに
まだない一枚の青空があって
その地平をいま
一羽の鳥が突っ切っていく。

一つの肉体のなかに
まだない一つの肉体があって
その宮がいま
新しい血を溜めている。

●梢…木の幹や枝の先。
●宮…神聖な場所。

一つの街のなかに
まだない一つの街があって
その広場がいま
わたしの行く手で揺れている。

われは草なり

高見（たかみ）　順（じゅん）

われは草なり
伸（の）びんとす
伸（の）びられるとき
伸（の）びんとす
伸（の）びられぬ日は
伸（の）びぬなり
伸（の）びられる日は
伸（の）びるなり

われは草なり
緑なり
全身すべて
緑なり
毎年かわらず
緑なり
緑の己(おの)れに
あきぬなり

われは草なり
緑なり

緑の深きを
願うなり

ああ　生きる日の
美しき
ああ　生きる日の
楽しさよ
われは草なり
生きんとす
草のいのちを
生きんとす

3 詩は きみを おどろかす

――私は不思議でたまらない、
たれもいじらぬ夕顔が、
ひとりでぱらりと開くのが。――

（金子(かねこ)みすゞ(ず)「不思議」より）

魔王（まおう）

ヨハン・ヴォルフガング・フォン・ゲーテ　／井上正蔵（いのうえしょうぞう）・訳（やく）

こんな夜更（よふ）けに風吹（ふ）くなかを
馬をとばしてゆくのは誰（だれ）だ
馬には父が子どもをしっかり
大事にかかえて乗っているのだ

「どうして怯（おび）えて顔かくすのだ」
「父さん　魔王（まおう）が見えないの
あのかんむりとあの長いすそ」
「なんでもないよ　霧（きり）のながれだ」

「いい子じゃ　おいで　わしといっしょに
たのしい遊戯をして進ぜよう
きれいな花は岸辺にあふれ
家には金のきものがどっさり」

「父さん　父さん　聞こえないかい
魔王が小声でぼくに言うのが」
「落ちつくんだよ　なんでもないよ
枯葉にざわつく風の音だよ」

「いい子じゃ　行こう　わしといっしょに

うちの娘によく世話させる
娘ら夜ごと音頭をとって
歌や踊りで寝かせてくれる」

「父さん　父さん　見えないのかい
あそこのかげに魔王の娘が」
「見えるよ　おまえ　よく見えるとも
古い柳がひかってるんだよ」

「かわいい子どもじゃ　きれいな子どもじゃ
いやというなら　無理に連れてく」
「父さん　父さん　魔王がぼくに

つかみかかって乱暴するんだ」
父はふるえて馬を駆りたて
うめく子どもをしっかり抱え
やっとのことで家にもどった
腕のわが子はもう死んでいた

●音頭をとって…先に歌いだして、みちびいて。

臨終の子

ハンス・クリスチャン・アンデルセン　／山室　静・訳

お母さん、ぼく疲れた、もうねんねしたいの
あなたに抱かれて眠らせてください
でも泣かないってことを最初に約束してね
だってあなたの涙はぼくの頬を焼けこがすもの
ここは寒くて、外には嵐がほえているけれど
夢の中ではすべてが美しく

そしてぼくが疲(つか)れた目をとじると
やさしい天使が見えるんです

お母さん、ぼくのそばにいる天使が見えますか
あのきれいな音楽がきこえますか
ほら、あの方は二枚(まい)の真白な美しい翼(つばさ)をもっている
あれはきっとわれらの主からいただいたもの
目の前に緑や金色や赤く漂(ただよ)っているのは
あの天使がまきちらした花！
ぼくが翼(つばさ)をもらうのは生きているうちだろうか
それとも、お母さん、ぼくが死んでからでしょうか？

●臨終(りんじゅう)…死が近づいて、息を引き取るまぎわ。

なぜあなたはぼくの手をそんなにきつく握りしめるの？
なぜ頬ぺたをそんなにぼくの頬にすりつけるの？
あなたの頬はぬれているのに火のように燃えています
お母さん、ぼくはいつまでだってあなたのものですよ！
だから、そんなに溜め息をつかないで
あなたが泣くと、ぼくも一緒に泣けてくるんだもの
ああ、ぼくは疲れたよ——目をとじてもいい？
お母さん——ほら、いま天使がぼくにキッスするよ！

小さな質問（しつもん）

高階杞一（たかしなきいち）

すいーっ　と　空から降りてきて
水辺の
草の
葉先に止まると
背筋（せすじ）をのばし
その子は
体ごと
神さまにきいた

なぜ　ぼくはトンボなの？

神さまは
人間にはきこえない声で
その
トンボに言った

ここに今
君が必要だから

いき

まど・みちお

いきを　とめたら
だれだって　しぬ
でも　わすれていても
いきは　じぶんで
いきを　している

いつ　どこで
どんな　ときにでも

ああ　なんでだろう
かみさまが
いきに　そう　させて
みんなを　いかして
くださってるんだなあ

みんなを　ほんとに
だいすきなので…

千枚田

藤井かなめ

月がのぼり
斜面にひろがる棚田が
ほのかに
ひかりはじめた

ひなだんの一枚一枚
さまざまな大きさと

かたちをつなぐ
無数の曲線

田の面にさやさやと
山のわき水がそそぎ
たがやしては　のぼり
のぼっては　たがやした
先祖たちが
きらめき
いきづいている

●千枚田…山の傾斜地などに、たくさんの小さな田が階段状にならんでいるところ。棚田。
●ひなだん…ひなまつりに、ひな人形などをかざる階段式の壇。

田植えのあとの水底に
あしあとのかずかず
月影（つきかげ）のうかぶ千枚田（せんまいだ）で
早苗（さなえ）たちは
こがね色にみのる日の
夢（ゆめ）をみている

●早苗（さなえ）…田植え用のイネの苗（なえ）。

月夜のシャベル

大久保（おおくぼ）テイ子（こ）

月夜のはたけに　シャベルがひとつ
巨人（きょじん）がわすれた　シャベルがひとつ

ほんとはきよわな　巨人（きょじん）のおとこ
やみよにこっそり　あらわれいでて

キャベツばたけの　キャベツをひとつ
ひょいとすくって　ムシャムシャたべる

カボチャばたけの　カボチャをひとつ
ひょいとすくって　ムシャムシャたべる

よふけのまどから　こわごわみたら
シーンとあかるい　月夜のはたけ

くさにキラリと　シャベルがひかる
巨人(きょじん)がわすれた　シャベルがひかる

冬の満月

高木(たかぎ)あきこ

真冬の空に
くっきりと　満月
こうこうと光をはなち
きっぱりと　まんまる
ふらふらせず
びくびくせず
どうどうと　まんまる
しんと静まりかえって
あいまいさのない　まんまる
もしも　長く長く手をのばして

あの月に触（ふ）れることができたなら
きっと　びりっと
凍（こお）りついてしまうだろう
レモン色のかがやきが
さーっとからだの中へながれこんでくると
わたしはゆっくり光りだす
そして
つめたい北風にさらされても
背中（せなか）をまるめず
りんと　まっすぐに立っている
月を見つめ
月に見つめられて　立っている

蹴(け)る

いとうゆうこ

ボールをけりながら
前を歩く男の子

うまいねと思ったら
でしょと背中(せなか)で答えたみたい

少しもボールをはずさない
はらはらして見てたけど

もうすぐ曲がり角

とその時　男の子は
思い切りたかくボールをけった
ボールはたかくたかく上がって
落ちてこない

青空を見上げているうちに
男の子は消えてしまった

真っ青な空に白い月

不思議

金子（かねこ）みすゞ（ず）

私は不思議でたまらない、
黒い雲からふる雨が、
銀にひかっていることが。

私は不思議でたまらない、
青い桑（くわ）の葉たべている、
蚕（かいこ）が白くなることが。

私は不思議でたまらない、
たれもいじらぬ夕顔が、
ひとりでぱらりと開くのが。

私は不思議でたまらない、
誰にきいても笑ってて、
あたりまえだ、ということが。

●蚕…カイコガの幼虫。体長七センチメートルほどのイモムシ。そのまゆから絹糸をとるため、数千年前に中国で飼育されはじめ、世界中に広がった。

月夜の浜辺

中原中也

月夜の晩に、ボタンが一つ
波打際に、落ちていた。

それを拾って、役立てようと
僕は思ったわけでもないが
なぜだかそれを捨てるに忍びず
僕はそれを、袂に入れた。

月夜の晩に、ボタンが一つ
波打際に、落ちていた。

それを拾って、役立てようと
僕は思ったわけでもないが
　月に向ってそれは抛れず
　浪に向ってそれは抛れず
僕はそれを、袂に入れた。

月夜の晩に、拾ったボタンは
指先に沁み、心に沁みた。

月夜の晩に、拾ったボタンは
どうしてそれが、捨てられようか？

●忍びず…がまんできず。
●袂…着物のそでの下のほうの、ふくろのようになったところ。

夢（ゆめ）で逢（あ）えたら

大瀧詠一（おおたきえいいち）

夢（ゆめ）でもし　逢（あ）えたら
素敵（すてき）なことね
あなたに逢（あ）えるまで
眠（ねむ）り続けたい

あなたは　わたしから　遠く離（はな）れているけど
逢（あ）いたくなったら　まぶたをとじるの

夢（ゆめ）でもし　逢（あ）えたら

素敵なことね
あなたに逢えるまで
眠り続けたい

うすむらさき色した　深い眠りに落ち込み
わたしは駆け出して　あなたを探してる

夢でもし　逢えたら
素敵なことね
あなたに逢えるまで
眠り続けたい

春風そよそよ　右のほほをなで
あなたは私の　もとへかけてくる

夢でもし　逢えたら
素敵なことね
あなたに逢えるまで
眠り続けたい

糸

中島みゆき

なぜ　めぐり逢うのかを
私たちはなにも知らない
いつ　めぐり逢うのかを
私たちは　いつも知らない
どこにいたの　生きてきたの
遠い空の下　ふたつの物語
縦の糸はあなた　横の糸は私
織りなす布は　いつか誰かを

暖めうるかもしれない

なぜ　生きてゆくのかを
迷った日の跡の　ささくれ
夢追いかけ走って
ころんだ日の跡の　ささくれ
こんな糸が　なんになるの
心許なくて　ふるえてた風の中
縦の糸はあなた　横の糸は私
織りなす布はいつか誰かの
傷をかばうかもしれない

●**ささくれ**…ものの先のほうが細かく割れていること。

縦(たて)の糸はあなた　横の糸は私
逢(あ)うべき糸に　出逢(であ)えることを
人は　仕合わせと呼(よ)びます

夜明けの歌

～アメリカ先住民族の詩

／金関寿夫・訳

黒い七面鳥が　東の方で尾をひろげる
するとその美しい尖端が　白い夜明けになる

夜明けが送ってよこした少年たちが
走りながらやってくる
かれらが穿いているのは
日光で織った黄色い靴

かれらは日光の流れの上で踊(おど)っている
虹(にじ)が送ってよこした少女たちが
踊(おど)りながらやってくる
かれらが着ているのは
日光で織(お)った黄色いシャツ

かれら夜明けの少女たちは　おれたちのうえで踊(おど)っている

山々の横(よこ)っ腹(ぱら)が　みどり色になる
山々のてっぺんが　黄色になる

そしていま　おれたちのうえに
美しい山々のうえに
夜明けがある

「おもろそうし」より

～琉球歌謡

えけ　上がる三日月や
えけ　神ぎや金真弓
えけ　上がる赤星や
えけ　神ぎや金細矢
えけ　上がる群れ星や
えけ　神が差し櫛
えけ　上がる虹雲は
えけ　神が愛きき帯

●「おもろそうし」…沖縄最古の歌謡集。神に申し上げる神の歌である「おもろ」の「そうし」、つまり、本のこと。二二巻あって、一六～一七世紀にできた。
●えけ…あれ。
●神ぎや金真弓…神様のりっぱな弓。
●神ぎや金細矢…神様のりっぱな矢。
●群れ星…星々。
●虹雲…横雲。
●神が愛きき帯…神様の大切な帯。

月の歌　――琉歌三首

はちす葉におきゆる露の玉ごとに
ひかり照りうつる十五夜お月

詠み人しらず

語りたや語りたや
月の山の端にかかるまでも

詠み人しらず

月や昔から変ることないさめ
変て行くものや人の心

●琉歌…和歌に対する琉歌。奄美群島、沖縄諸島、宮古諸島、八重山諸島の伝承歌謡。
●はちす葉…ハスの葉。
●山の端…山のはし。

望郷(ぼうきょう)の歌

～八重山(やえやま)・トゥバラーマ

山　見りば　八重山(やいま)ゆ　思(うむ)い出(いだ)し

海　見りば　生(ま)り島(じぃま)　思(うむ)い出(いだ)し

●**望郷(ぼうきょう)**…故郷(こきょう)をなつかしく思うこと。

●**トゥバラーマ**…トゥバラーマ節。八重山諸島(やえやましょとう)の節歌(ふしうた)の一つ。三味線(しゃみせん)の伴奏(ばんそう)で歌う。

●**山　見りば　八重山(やいま)ゆ　思(うむ)い出(いだ)し**…山を見れば八重山(やえやま)を思い出し。沖縄(おきなわ)方言では、共通語の「あいうえお」が「あいういう」となるため、「見れば」が「見りば」、「八重山(えやま)を」が「八重山(やいま)ゆ」になる。

●**生(ま)り島(じぃま)**…生れ島。生まれ故郷(こきょう)の島。

春の朝（あした）

ロバート・ブラウニング／上田（うえだ）　敏（びん）・訳（やく）

時は春、
日は朝（あした）、
朝（あした）は七時、
片岡（かたおか）に露（つゆ）みちて、
揚雲雀（あげひばり）なのりいで、
蝸牛（かたつむり）枝（えだ）に這（は）い、
神、そらに知ろしめす。
すべて世は事も無し。

4 詩は　きみを　ときめかす

――すきになる　ということは
心を　ちぎってあげるのか――
（工藤直子「痛い」より）

レモン哀歌

高村光太郎

そんなにもあなたはレモンを待っていた
かなしく白くあかるい死の床で
わたしの手からとった一つのレモンを
あなたのきれいな歯がりりと嚙んだ
トパァズいろの香気が立つ
その数滴の天のものなるレモンの汁は
ぱっとあなたの意識を正常にした
あなたの青く澄んだ眼がかすかに笑う

わたしの手を握るあなたの力の健康さよ
あなたの咽喉に嵐はあるが
こういう命の瀬戸ぎわに
智恵子はもとの智恵子となり
生涯の愛を一瞬にかたむけた
それからひと時
昔山巓でしたような深呼吸を一つして
あなたの機関はそれなり止まった
写真の前に挿した桜の花かげに
すずしく光るレモンを今日も置こう

●トパァズいろ…黄色の宝石、トパーズの色。
●山巓…山頂。

胸(むね)の振子(ふりこ)

サトウハチロー

柳(やなぎ)につばめは　あなたにわたし
胸(むね)の振子(ふりこ)が鳴る鳴る　朝から今日も
何も言わずに　二人きりで
空を眺(なが)めりゃ　なにか燃(も)えて
柳(やなぎ)につばめは　あなたにわたし

胸の振子が鳴る鳴る　朝から今日も

煙草のけむりも　もつれるおもい
胸の振子がつぶやく　やさしきその名
君のあかるい　笑顔浮かべ
暗いこの世の　つらさ忘れ
煙草のけむりも　もつれるおもい
胸の振子がつぶやく　やさしきその名

ソネット集18

ウィリアム・シェイクスピア　／柴田稔彦・訳

君を夏の一日と比べてみようか？
だが君のほうがずっと美しく、もっと温和だ。
五月には強い風が可憐な花のつぼみを揺らすし、
夏はあまりにも短いいのちしかない。
強い日差しが暑すぎることもあれば、
金色の光も絶えず雲にさえぎられる。

美しいものはすべていつかは頽（すた）れてゆくもの、
偶発事（ぐうはつじ）によって、また自然の変化によって、崩（くず）れてしまう。
しかし君という夏は永久（えいきゅう）にしおれることはなく、
君の今の輝（かがや）きも色褪（あ）せることはない、
君が死の影（かげ）の谷を歩むとは死神も吹聴（ふいちょう）できはしない、
時間を超（こ）えた詩行の中に君が生きるならば。
人が息づき、目が見えているかぎり、
この詩は生きつづけ、この詩によって君も命を永（なが）らえる。

●ソネット…一四行からなる定型抒情詩（ていけいじょじょうし）。
●偶発事（ぐうはつじ）…思いがけない出来事。
●吹聴（ふいちょう）…言いふらすこと。

宵待草（よいまちぐさ）

まてどくらせどこぬひとを
宵待草（よいまちぐさ）のやるせなさ
こよいは月もでぬそうな。

竹久夢二（たけひさゆめじ）

●宵待草（よいまちぐさ）…マツヨイグサの異名（いみょう）。夕方（宵（よい））になると花が開くことから、こう呼（よ）ばれる。

初恋（はつこい）

まだあげ初（そ）めし前髪（まえがみ）の
林檎（りんご）のもとに見えしとき
前にさしたる花櫛（はなぐし）の
花ある君と思いけり

やさしく白き手をのべて
林檎（りんご）をわれにあたえしは
薄紅（うすくれない）の秋の実に
人こい初（そ）めしはじめなり

島崎藤村（しまざきとうそん）

わがこころなきためいきの
その髪の毛にかかるとき
たのしき恋の盃を
君が情に酌みしかな

林檎畑の樹の下に
おのずからなる細道は
誰が踏みそめしかたみぞと
問いたもうこそこいしけれ

●まだあげ初めし前髪の…まだ日本髪を結い上げたばかりの前髪。当時の少女は、一二、三歳で髪を結った。

逢（あ）いて来し夜は

室生犀星（むろうさいせい）

うれしきことを思いて
ひとりねる夜はかぎりなきさいわいの波おさまり
小さくうれしそうなるわれのいとしさよ
やがてまた
うれしさを祈（いの）りに乗せて
君がねむれる家におくらん

もう少しだけ

Ayase（YOASOBI）

もう少しだけ　もう少しだけ
踏み出せたのなら
そう小さな優しさを
分け合えたのなら
ありふれた一日が
素敵な日になっていくほら
そうやって何度でも
喜びはめぐる

慌ただしく過ぎる朝に
いつも通り過ぎる朝に
頼まれたお使いと予定を照らす
君が教えてくれた
あてにしてない占いの言葉
「いつもしないことを」だって

そんなことを頭の隅に置いたまま
いつもの今日へ

もう少しだけ　もう少しだけ
踏み出せたのなら

もう少しだけ　あと少しだけ
優しくなれたのなら
ありふれた一日も
素敵な日になっていくような
そんな気がしたんだ
今喜びはめぐる

暗いニュースが流れる朝に
気持ちが沈んでいく朝に
自分は「いらない」存在？
なんて考える朝に
あなたのことを思い出したんだ

あなたに会いたくなったんだ
久しぶりに会いに行くよ
今すぐに

待ちに待ったそんな朝に
想いを馳せる日の朝に
いつもより早く家を出る
不意に触れた誰かの優しさが
私の優しさに変わったんだ
ほら喜びはめぐる

もう少しだけ　もう少しだけ

●馳せる…遠くまで届かせる。

踏み出せたことが
もう少しだけ　ほんの少しだけ
優しくなれたことが
ありふれた一日を
特別な一日にほら
変えてくれたんだきっと
今日も

あなたから私へと
想いが伝わる
そう僕から君にほら
喜びが広がる

ありふれた毎日から
踏み出した優しさが今
誰かに届いてきっと
めぐり続けるんだずっと
どこまでも

今日もどこかであなたが
今を生きるあなたがただ
小さな幸せを
見つけられますように

きみを想う　——短歌・撰(せん)

君待つと我(あ)が恋(こ)ひ(い)を(お)れば我がやどの簾(すだれ)動かし秋の風吹(ふ)く

額田王(ぬかたのおおきみ)

馬鈴薯(ばれいしょ)の花咲(さ)く頃(ころ)と
なれりけり
君もこの花を好きたまふ(も)(う)らむ(ん)

石川啄木(いしかわたくぼく)

天地（あめつち）に一人を恋ふ（う）と云（い）ふ（う）よりもよろしきことばわれは知らなく

与謝野晶子（よさのあきこ）

逢（あ）ひ（い）見ての後（のち）の心にくらぶれば昔は物も思（わ）はざりけり

権中納言敦忠（ごんちゅうなごんあつただ）

●馬鈴薯（ばれいしょ）…ジャガイモ。春や秋に種イモを植えたあと、五〇日くらいで白ないし紫（むらさき）の花が咲（さ）く。
●よろしき…ちょうどよい。

あらざ覧この世のほかの思ひ出でにいまひとたびの逢ふこともがな

和泉式部

瀬をはやみ岩にせかるゝ滝川のわれてもすゑにあはむとぞ思ふ

崇徳院

砂の上にわが恋人の名をかけば波のよせきてかげもとどめず

落合直文

きみとの恋終わりプールに泳ぎおり十メートル地点で悲しみがくる

小島なお

〈現代語訳〉

●君待つと我が恋ひをれば…　あなたのことが恋しくて待っていると、私の家のすだれが動いて、あなたかと思ったのだけれども、ただ、すだれを動かして秋の風が吹いたのでした。

●逢ひ見ての後の心に…　あなたと契りを結んでからの恋しい気もちにくらべたら、その前までの切ない思いなんて、何も思わないようなものです。

●あらざ覧この世のほかの…　もう間もなくこの世からいなくなってしまう私の次の世の思い出に、もう一度だけあなたにお逢いしたいのです。

●瀬をはやみ岩にせかるゝ…　流れがはやくて、岩にせき止められて別れ別れになる川と同じように、恋しい人と今は別れ別れになっても、いつか必ずまた逢いたいと思うのです。

夜雨寄北／贈別二首　其二　――漢詩

夜雨寄北
李商隠（りしょういん）

君問帰期未有期
巴山夜雨漲秋池
何当共剪西窓燭
却話巴山夜雨時

夜の雨、北に寄（よ）せて

君は帰期（かえり）を問うも、未（いま）だ期有（ときた）らず、
巴山（はざん）の夜の雨、秋の池に漲（みなぎ）る。
何当（いつか）は共に西の窓（まど）べ、燭（しょく）を翦（とも）し、
却（かえ）りみて巴山（はざん）の夜の雨を話（かた）る時。

〈現代語訳（げんだいごやく）〉

夜の雨、北にいる妻（つま）に寄（よ）せて
君は「いつ帰るのか」と便りをよこしたが、まだ帰郷（ききょう）の日がおとずれない。

ここ巴山（はざん）の夜の雨が秋の池の水かさをずいぶんと増（ふ）やしている。

いつの日にか、君の部屋の西の窓辺（まどべ）で夜が更（ふ）けるまで灯（あか）りをともして、この巴山（はざん）の夜の雨のことを振（ふ）り返って語る時が来るだろうか。

●北…北方の長安（ちょうあん）の都にいる詩人の妻（つま）をさす。このとき、詩人は、役人として蜀（しょく）（四川省（しせんしょう））に赴任（ふにん）していた。●帰期…帰る時期。
●巴山…蜀（しょく）にある山。●剪――燭…燭（しょく）を剪（き）る。ともしびを明るくするために、油をすいあげる灯心を剪（はさ）みで短く切ること。

贈別二首　其二

杜牧

多情却似総無情
惟覚樽前笑不成
蝋燭有心還惜別
替人垂涙到天明

別れに贈る二首　其の二

多情は却って総き無情に似るも、
惟覚る、樽前で笑成ずと。
蝋燭には心有り、還た別れを惜しみ、
人に替わり涙を垂らして、天明るく到る。

〈現代語訳〉
別れに贈る二編の詩　その二
思いが深すぎて、それは、かえって何も思わないことに似てしまう。
別れの宴でうまく笑えないことだけを感じている。
ろうそくには心があって、別れを惜しみ、
人に替わって夜明けまで涙を垂らす。

●多情…思いが深いこと。●無情…感情がなくて、何も思わないこと。●樽前…酒樽の前、宴のこと。
●笑不成…笑顔になれない。●蝋燭有心…蝋燭が燃えて蝋を垂らすのを涙を流すことにたとえている。●天明…夜明け。

痛い

すきになる　ということは
心を　ちぎってあげるのか
だから　こんなに痛いのか

工藤直子

ぴあの

さとるくんがぴあのをひくとき
わたしはさとるくんをたべてしまいたい
わたしのよりしろくてほそいゆびを
くすりゆびからこりこりかじって
そうすればさとるくんはもう
だれにもぶたれないですむ
まいにちじゅくへいかないでいい
わたしのなかでいくらでもすきなだけ

谷川俊太郎（たにかわしゅんたろう）

ぴあのをひいていられる
わたしはさとるくんといっしょに
いろんなところへたびをする
さばくのまんなかでおしっこする
あらしのいっけんやでかぜとあめをきく
どんなときもちっともさみしくない
わたしがおばあさんになっても
さとるくんはいつまでもこどものまま
わたしがしんでもつちのなかから
ぴあののおとがひびいてくる

練習問題

阪田寛夫(さかたひろお)

「ぼく」は主語です
「つよい」は述語(じゅつご)です
ぼくは　つよい
ぼくは　すばらしい
そうじゃないからつらい

「ぼく」は主語です
「好き」は述語（じゅつご）です
「だれそれ」は補語（ほご）です
ぼくは　だれそれが　好き
ぼくは　だれそれを　好き
どの言い方でもかまいません
でもそのひとの名は
言えない

●補語（ほご）…述語（じゅつご）をおぎなう語句（ごく）。

詩を書こう

心の奥の宝物をつたえよう

児童文学作家・詩人　藤　真知子

いろんな顔のきみがいるでしょう？

友だちと会う時、家族といる時、学校にいる時、好きな人といる時……そして、一人ぼっちの時の顔。

一人ぼっちの時、感じるきもちは、だれかといっしょに過ごす時とちょっとちがいます。

だれかといっしょにいる時は「かわいい」とか「かっこいい」「すてき」「すごい」「やばい」ものをいっしょになって共有してもりあがります。

でも、わたしは一人ぼっちの時、空や風がすきです。吸い込まれそうな青空や遠くで生まれた風を感じるのが……。

そういうきもちは、友だちとも家族ともしゃべったことはありません。一人でそっと心の奥で抱えています。

けれども、それはとても大切な宝物みたいな瞬間です。それを伝えたくなった時に、わたしは詩を書きます。その詩を読んだ人に好きだといわれると、とってもうれしくなります。ああ、みんなも、こんなきもち、知ってるんだ、と。

そんなわたしのきもちを書いた詩で、学校や図書館、始業式や卒業式、いろんな時に使っていただいているものを掲載しておきます。

チェンジ　藤 真知子

風が　ふく
わたしの　まわりの　着古した　空気が
するりと　ぬげる
新しい　空気にきがえる
その　瞬間が好き

解説

詩と出会う楽しみ

菊永　謙

この詩のアンソロジーには、いろいろな詩に出会えるようにたくさんの作品が選んであります。おもしろいなとかびっくりしたとか心に強く残る詩に、いくつも出会えることを願っています。

一章には、短い詩をならべてみました。

詩の表現の一つの特色は、思ったり感じたことを短く的確に表現することでしょう。へびを見てきゃっとさけんだり、不気味に思うひとも多いでしょう。フランスの詩人ルナールは「長すぎる」と短く表しています。なるほど、へびの特徴を見事に言いあてています。三好達治の「雪」は、暗い夜空から雪が降りつづけ、それぞれの屋根に積もっていきます。その屋根の下で、子どもが眠っている静かな夜が描かれています。

ジャン・コクトーの「耳」はどうでしょう。耳の形を貝に見立てています。「貝の殻」が海辺の潮騒、波の音をなつかしがっている、と。詩は短くても、読む人によっていろいろなことを思い浮かばせてくれます。友だちとそれぞれの感じ方を語り合ってみましょう。

二章には、命の輝きの詩をならべてみました。

桜やチューリップの花を見たり、鳥のさえずりや蝶に出会うと春の訪れを感じます。また、四月、新しい友だちと出会って、ワクワクドキドキして春を感じるひともいるでしょう。虫たちの音色や公園の木立ちが黄色や薄赤く色づくと秋を感じたりします。季節の移り変わりに、いろいろな生き物や草花がそれぞれの命の輝きを見せてくれます。その命の輝きに出会って、わたしたちはよろこびをおぼえます。あなたは何を見て、ワクワクドキドキするでしょうか。

新美南吉の「球根」は、色あざやかな花を咲かせる芽を住まわせ静かに息をしていると感じる心におどろかされます。鈴木初江の「たねいも」では、箱に入ったジャガイモが早く畑の土に植えてくれと、さけんでいる声が聞こえるのだそうです。小林雅子の「木の葉」では、木の葉のきらめきが南の国から海を渡ってくる鳥たちに夏の宿を知らせる暗号だというさわやかな発見を伝えてくれます。ほかのひとには聞こえない声や見えない姿を詩人たちは、やさしく教えてくれます。高村光太郎の「ぼろぼろな駝鳥」は、どうでしょう。動物園のせまい囲いのなかで飼われている駝鳥。本来は、あたたかな草原にいる鳥が、雪の降る国で飼われている姿に、ほかのひとと異なる見方をしています。詩人はそれぞれの命の輝きをおもしろく、時に、鋭く批判的に表現してわたしたちに手渡してくれます。

三章には、不思議に思える詩をならべてみました。

世界の文豪であるゲーテやアンデルセンも、子どもを早くなくした母親や父親の悲しみをうたっています。まど・みちおは、わたしたちが無意識に呼吸をしているのを神様がそうさせてくれていると記しています。たとえ苦しいことがあっても生きていくことの大切さを伝えています。金子みすゞの「不思議」も、そう言われれば「不思議」なことばかり。でも、まわりのみんなに聞いても「あたりまえだ」という。詩人はいろいろな不思議さに気づくひとなのでしょう。中原中也の「月夜の浜辺」も月夜の浜辺で拾ったボタンをなかなか捨てられない思いがうたわれています。世の中は、不思議なできごとに満ち満ちているのです。あなたも不思議だなあと思うことをノートに書いてみましょう。

四章には、恋や愛の詩をならべてみました。

遠い昔から、ひとは恋する喜びや悲しみを詩や歌にしてきました。「万葉集」や「古今和歌集」などにも恋する気持ちの和歌が多く残されています。崇徳院は、激しく流れる川にたとえて、今は岩にぶつかって別れることがあっても後には必ずまた会いたいものだとうたっています。工藤直子の「痛い」や阪田寛夫の「練習問題」は、好きなひとができたときの複雑な思いをおもしろく表現しています。たくさんの恋の詩や歌を味わい、あなたの心のひみつを日記にそっと書いてみましょう。

この詩のアンソロジーから、あなたの新しい世界が広がることを願っています。

この本に出てくる詩人たち

1 詩はきみに問いかける

ジュール・ルナール　一八六四～一九一〇年。フランスの小説家・劇作家。小説『にんじん』など。「へび」は『博物誌』の一編。

辻　昶（つじ・とおる）　一九一六～二〇〇〇年。フランス文学者。著書に『ヴィクトル・ユゴーの生涯』など。

草野心平（くさの・しんぺい）　一九〇三～一九八八年。詩人。全編、蛙をテーマとする詩集『第百階級』など。

安西冬衛（あんざい・ふゆえ）　一八九八～一九六五年。詩人。詩集『軍艦茉莉』など。

波戸辺のばら（はとべ・のばら）　一九四八年～。俳人。句集『地図とコンパス』。

三好達治（みよし・たつじ）　一九〇〇～一九六四年。詩人。詩集『測量船』『駱駝の瘤にまたがって』など。

はたちよしこ　一九四四年～。詩人。詩集『レモンの車輪』など。

杉山平一（すぎやま・へいいち）　一九一四～二〇一二年。詩人・映画評論家。詩集『夜学生』『希望』など。

ジャン・コクトー　一八八九～一九六三年。フランスの詩人・小説家・劇作家・映画監督。小説『恐るべき子供たち』など。

堀口大学（ほりぐち・だいがく）　一八九二～一九八一年。詩人・フランス文学者。訳詩集『月下の一群』など。

江口あけみ（えぐち・あけみ）　一九四三年～。詩人。詩集『ひみつきち』など。

村野四郎（むらの・しろう）　一九〇一～一九七五年。詩人。『体操詩集』など。

西脇順三郎（にしわき・じゅんざぶろう）　一八九四～一九八二年。詩人・英文学者。詩集『Ambarvalia』『旅人かへらず』『近代の寓話』など。

峠　三吉（とうげ・さんきち）　一九一七～一九五三年。詩人。一九四五年八月六日、広島で被爆。『原爆詩集』など。

ヘンリー・ワズワース・ロングフェロー　一八〇七〜一八八二年。アメリカ合衆国の詩人。

水谷まさる（みずたに・まさる）　一八九四〜一九五〇年。童話作家・詩人。『世界童謡集』（西條八十と共訳）など。

宮沢賢治（みやざわ・けんじ）　一八九六〜一九三三年。詩人・童話作家。詩集『春と修羅』、童話集『注文の多い料理店』など。

谷川俊太郎（たにかわ・しゅんたろう）　一九三一〜二〇二四年。詩人。詩集『二十億光年の孤独』『世間知ラズ』など。

❷ 詩はきみを迷わす

百田宗治（ももた・そうじ）　一八九三〜一九五五年。詩人・児童文学者・作詞家。詩集『一人と全体』など。

新美南吉（にいみ・なんきち）　一九一三〜一九四三年。童話作家・詩人。童話「ごん狐」「手袋を買いに」など。

福田若之（ふくだ・わかゆき）　一九九一年〜。俳人。句集『自生地』。

鈴木初江（すずき・はつえ）　一九四三年〜。詩人。詩集『ちきゅうのリズム』『またあした』など。

小川未明（おがわ・みめい）　一八八二〜一九六一年。小説家・童話作家・詩人。童話「赤い蝋燭と人魚」「野薔薇」など。

小林雅子（こばやし・まさこ）　一九五六年〜。詩人。詩集『青銅の洗面器』など。

鶴見正夫（つるみ・まさお）　一九二六〜一九九五年。詩人・児童文学作家。童謡集『あめふりくまのこ』、詩集『日本海の詩』など。

工藤直子（くどう・なおこ）　一九三五年〜。詩人・童話作家。詩集『てつがくのライオン』『のはらうた』Ⅰ―Ⅴなど。

清水ひさし（しみず・ひさし）　一九四八年〜。詩人。詩集『空のピアノ』など。

原田直友（はらだ・なおとも）　一九二三〜二〇一六年。詩人。詩集『はじめてことりが飛んだとき』など。

石津ちひろ（いしづ・ちひろ）　一九五三年〜。絵本作家・翻訳家・詩人。詩集『あしたのあたしはあたらしいあたし』など。

本橋成一（もとはし・せいいち）　一九四〇年〜。写真家・映画監督。写真集『ナージャの村』など。

山村暮鳥（やまむら・ぼちょう）　一八八四〜一九二四年。詩人・童話作家。詩集『聖三稜玻璃』など。

高村光太郎（たかむら・こうたろう）　一八八三〜一九五六年。詩人・彫刻家。詩集『道程』『智恵子抄』など。

西條八十（さいじょう・やそ）　一八九二〜一九七〇年。詩人・作詞家・フランス文学者。詩集『砂金』、訳詩集『白孔雀』、童謡「かなりや」、歌謡曲「東京行進曲」など。

三井ふたばこ（みつい・ふたばこ）　一九一八〜一九九〇年。詩人・童話作家。詩集『後半球』など。西條八十は父。

吉野　弘（よしの・ひろし）　一九二六〜二〇一四年。詩人。詩集『幻・方法』など。

高良留美子（こうら・るみこ）　一九三二〜二〇二一年。詩人・評論家・女性史研究者。詩集『場所』など。

高見　順（たかみ・じゅん）　一九〇七〜一九六五年。小説家・詩人。小説『故旧忘れ得べき』、詩集『死の淵より』など。

③ 詩はきみをおどろかす

ヨハン・ヴォルフガング・フォン・ゲーテ 一七四九〜一八三二年。ドイツの小説家・劇作家・詩人・自然科学者。小説『若きウェルテルの悩み』『ヴィルヘルム・マイスターの修業時代』、詩劇「ファウスト」、詩集『西東詩集』など。

井上正蔵（いのうえ・しょうぞう） 一九一三〜一九八九年。ドイツ文学者。著書に『ハインリヒ・ハイネ　愛と革命の詩人』など。

ハンス・クリスチャン・アンデルセン 一八〇五〜一八七五年。デンマークの童話作家・詩人。小説『即興詩人』、童話「人魚姫」「マッチ売りの少女」など。

山室　静（やまむろ・しずか） 一九〇六〜二〇〇〇年。文芸評論家・翻訳家。著書に『現在の文学の立場』『アンデルセンの生涯』、翻訳に『ムーミン谷の冬』など。

高階杞一（たかしな・きいち） 一九五一年〜。詩人。詩集『キリンの洗濯』『空への質問』など。

まど・みちお 一九〇九〜二〇一四年。詩人。童謡「ぞうさん」、『まど・みちお全詩集』など。

藤井かなめ（ふじい・かなめ） 一九三二〜二〇二四年。詩人。詩集『あしたの風』など。

大久保テイ子（おおくぼ・ていこ） 一九三〇〜二〇〇二年。詩人。詩集『月夜のシャベル』など。

高木あきこ（たかぎ・あきこ） 一九四〇年〜。詩人・児童文学作家。詩集『どこか　いいところ』など。

いとうゆうこ 一九五四年〜。詩人。詩集『おひさまのパレット』など。

金子みすゞ（かねこ・みすず） 一九〇三〜一九三〇年。詩人。童謡「大漁」「私と小鳥と鈴と」など。

中原中也（なかはら・ちゅうや） 一九〇七〜一九三七年。詩人。詩集『山羊の歌』『在りし日の歌』、翻訳『ランボオ詩集』など。

大瀧詠一（おおたき・えいいち） 一九四八〜二〇一三年。ミュージシャン。アルバムに『A LONG VACATION』など。

中島みゆき（なかじま・みゆき） 一九五二年〜。シンガーソングライター。アルバムに『私の声が聞こえますか』など。

金関寿夫（かなせき・ひさお）　一九一八～一九九六年。英文学者、翻訳家。著書に『アメリカ・インディアンの詩』など。

ロバート・ブラウニング　一八一二～一八八九年。イギリスの詩人。物語詩『指輪と本』など。

上田　敏（うえだ・びん）　一八七四～一九一六年。評論家・詩人・翻訳家・英文学者。訳詩集『海潮音』『牧羊神』など。

4 詩はきみをときめかす

高村光太郎（たかむら・こうたろう）　↓2章参照。

サトウハチロー　一九〇三～一九七三年。詩人・作詞家・小説家。童謡「ちいさい秋みつけた」、歌謡曲「リンゴの唄」「長崎の鐘」、少年少女小説『ジロリンタン物語』など。

ウィリアム・シェイクスピア　一五六四～一六一六年。イギリスの劇作家。悲劇「ロミオとジュリエット」、喜劇「ヴェニスの商人」など。

柴田稔彦（しばた・としひこ）　一九三二～二〇二四年。英文学者・翻訳家。編著『シェイクスピアを読み直す』など。

竹久夢二（たけひさ・ゆめじ）　一八八四～一九三四年。画家・詩人。『夢二画集　春の巻』、絵入り小唄集『どんたく』など。

島崎藤村（しまざき・とうそん）　一八七二～一九四三年。詩人・小説家。詩集『若菜集』『落梅集』、小説『破戒』『夜明け前』など。

室生犀星（むろう・さいせい）　一八八九～一九六二年。詩人・

小説家。詩集『抒情小曲集』、小説『性に眼覚める頃』など。

Ayase 一九九四年〜。「夜に駆ける」などのヒットのある音楽ユニット「YOASOBI」のメンバー。コンポーザー担当。

額田王（ぬかたのおおきみ） 生没年不詳。飛鳥時代の女流歌人。『万葉集』に長歌三首、短歌十首が掲載されている。

石川啄木（いしかわ・たくぼく） 一八八六〜一九一二年。歌人・詩人。歌集『一握の砂』『悲しき玩具』など。

与謝野晶子（よさの・あきこ） 一八七八〜一九四二年。歌人。歌集『みだれ髪』など。

権中納言敦忠（ごんちゅうなごんあつただ） 藤原敦忠。九〇六〜九四三年。平安時代前期〜中期の歌人。三十六歌仙のひとり。『後撰和歌集』ほかの勅撰集に三〇首入集。家集『敦忠集』。

和泉式部（いずみしきぶ） 九七八年ごろ〜没年不詳。平安時代中期の歌人。

崇徳院（すとくいん） 崇徳天皇。一一一九〜一一六四年。平安時代後期の歌人。

落合直文（おちあい・なおぶみ） 一八六一〜一九〇三年。歌人・国文学者。長編叙事詩「孝女白菊の歌」など。

小島なお（こじま・なお） 一九八六年〜。歌人。歌集『乱反射』など。

李商隠（り・しょういん） 八一一（八一二年、八一三年の説もある）〜八五八年。中国晩唐の詩人。

杜牧（と・ぼく） 八〇三〜八五二年（八五三年の説もある）。中国晩唐の詩人。

工藤直子（くどう・なおこ） ↓2章参照。

谷川俊太郎（たにかわ・しゅんたろう） ↓1章参照。

阪田寛夫（さかた・ひろお） 一九二五〜二〇〇五年。詩人・小説家・児童文学作家。童謡「サッちゃん」「おなかのへるうた」、小説『土の器』など。

出典一覧

＊本書では、詩の作者・訳者の意向により、出典と一部異なる表記で掲載した作品があります。

❶ 詩はきみに問いかける

ジュール・ルナール／訳：辻昶「へび」▼『博物誌』岩波文庫、1998年

草野心平「春殖」▼『現代詩文庫1024　草野心平』思潮社、1981年

安西冬衛「春」▼『安西冬衛全集　第一巻』寶文館出版、1977年

波戸辺のばら　俳句「紺碧の…」▼『地図とコンパス』北斗書房、2015年

三好達治「雪」▼『三好達治詩集』岩波文庫、1971年

はたちよしこ「霧」▼『詩を読もう！　また　すぐに会えるから』大日本図書、2000年

杉山平一「会話」▼『日本現代詩文庫16　杉山平一詩集』土曜美術社、1984年

ジャン・コクトー／訳：堀口大学「耳」▼堀口大學、佐藤朔　監修『ジャン・コクトー全集第一巻』東京創元社、1984年

江口あけみ「角円線辺曲」より▼『角円線辺曲　江口あけみ詩集』かど創房、1999年

村野四郎「棒高飛」▼『村野四郎全詩集』筑摩書房、1968年

西脇順三郎「天気」▼『現代詩文庫1016　西脇順三郎』思潮社、1979年

峠三吉「原爆詩集・序」▼『原爆詩集』岩波文庫、2016年

ヘンリー・ワズワース・ロングフェロー／訳：水谷まさる「矢と唄」▼『冨山房百科文庫42　世界童謡集』冨山房、

1991年

宮沢賢治「報告」▼『【新】校本　宮澤賢治全集　第二巻　詩Ⅰ　本文篇』筑摩書房、1995年

谷川俊太郎「未来」▼『谷川俊太郎詩集　続』思潮社、1979年

❷ 詩はきみを迷わす

百田宗治「どこかで春が」▼『日本の詩歌　別巻　日本歌唱集』中央公論社、1968年

新美南吉「球根」▼『校定　新美南吉全集　第八巻』大日本図書、1981年

福田若之　俳句「春はすぐそこだけど…」「ヒヤシンス…」▼『自生地』東京四季出版、2017年

鈴木初江「たねいも」▼『また　あした』リーブル、2010年

小川未明「月が出る」▼『定本小川未明童話全集3』講談社、1977年

小林雅子「木の葉」▼『詩集　青銅の洗面器』四季の森社、2011年

鶴見正夫「雨のうた」▼『日本海の詩　新装版』理論社、1997年

けやきだいさく（工藤直子）「いのち」▼『のはらうたⅠ』童話屋、1984年

清水ひさし「かなぶん」▼『かなぶん』四季の森社、2013年

原田直友「かぼちゃのつるが」▼『虹——村の風景——』銀の鈴社、1984年

石津ちひろ「にわのバラ」▼『あしたのあたしはあたらしいあたし』理論社、2002年

ベラルーシの歌「イワンじいさん　帰ってきたなあ」▼本橋成一　著『ナージャ　希望の村』Gakken、2000年

山村暮鳥「ほうほう鳥」▼『山村暮鳥全詩集』彌生書房、１９６４年
高村光太郎「ぼろぼろな駝鳥」▼『高村光太郎全集第二巻　増補版』筑摩書房、１９９４年
西條八十「あしのうら」▼『西條八十全集　第六巻　童謡Ⅰ』国書刊行会、１９９２年
三井ふたばこ「みち（紘子に）」▼『後半球』小山書店新社、１９５７年
吉野弘「冷蔵庫に」▼『吉野弘全詩集（増補新版）』青土社、２０１４年
高良留美子「木」▼『現代詩文庫43　高良留美子』思潮社、１９７１年
高見順「われは草なり」▼『現代詩文庫１０１４　高見順』思潮社、１９７７年

③ 詩はきみをおどろかす

ヨハン・ヴォルフガング・フォン・ゲーテ／訳：井上正蔵「魔王」▼『ゲーテ詩集』白鳳社、１９６６年
ハンス・クリスチャン・アンデルセン／訳：山室静「臨終の子」▼『世界の詩73　アンデルセン詩集』彌生書房、１９８１年
高階杞一「小さな質問」▼『桃の花』砂子屋書房、２００５年
まど・みちお「いき」▼『まど・みちお全詩集　新訂第2版』理論社、２０１５年
藤井かなめ「千枚田」▼『子ども詩のポケット26　あしたの風　藤井かなめ詩集』てらいんく、２００８年
大久保テイ子「月夜のシャベル」▼『月夜のシャベル』らくだ出版、１９８６年
高木あきこ「冬の満月」▼『どこか　いいところ』理論社、２００６年
いとうゆうこ「蹴る」▼『ほんとのなまえ』てらいんく、２０２１年

金子みすゞ「不思議」▼『金子みすゞ童謡全集〈普及版〉』JULA出版局、2022年

中原中也「月夜の浜辺」▼『現代詩文庫1003　中原中也』思潮社、1975年

大瀧詠一「夢で逢えたら」▼CD「ナイアガラで恋をして Tribute to EIICHI OHTAKI」ワーナーミュージック・ジャパン、2002年

中島みゆき「糸」▼『中島みゆき全歌集1987-2003』朝日文庫、2015年

アメリカ先住民族の詩／訳：金関寿夫「夜明けの歌」▼金関寿夫　著『アメリカ・インディアンの詩』中公新書、1977年

琉球歌謡「おもろそうし」より▼外間守善　校注『おもろさうし（上）［全2冊］』岩波文庫、2000年

琉歌「月の歌」▼外間守善　仲程昌徳　波照間永吉　著『沖縄　ことば咲い渡り　さくら』ボーダーインク、2020年

八重山・トゥバラーマ「望郷の歌」▼外間守善　仲程昌徳　波照間永吉　著『沖縄　ことば咲い渡り　さくら』ボーダーインク、2020年

ロバート・ブラウニング／訳：上田敏「春の朝」▼山内義雄、矢野峰人　編『上田敏全訳詩集』岩波文庫、1962年

④ 詩はきみをときめかす

高村光太郎「レモン哀歌」▼『高村光太郎全集第二巻　増補版』筑摩書房、1994年

サトウハチロー「胸の振子」▼『サトウハチロー詩集』ハルキ文庫、2004年

ウィリアム・シェイクスピア／訳：柴田稔彦「ソネット集18」▼『対訳　シェイクスピア詩集——イギリス詩人選（1）』

岩波文庫、2004年

竹久夢二「宵待草」▼『どんたく』日本図書センター、2002年

島崎藤村「初恋」▼『島崎藤村全集第一巻　筑摩全集類聚』筑摩書房、1981年

室生犀星「逢いて来し夜は」▼『室生犀星全集　第一巻』新潮社、1964年

Ayase（YOASOBI）「もう少しだけ」▼CD　YOASOBI「THE BOOK II」ソニー・ミュージックエンタテインメント、2021年

額田王　短歌「君待つと…」▼『新日本古典文学大系1　萬葉集一』岩波書店、1999年

石川啄木　短歌「馬鈴薯の…」▼『和歌文学大系77　一握の砂・黄昏に・収穫』明治書院、2004年

与謝野晶子　短歌「天地に…」▼『定本　與謝野晶子全集　第二巻　歌集二』講談社、1980年

権中納言敦忠　短歌「逢ひ見ての…」▼『新日本古典文学大系7　拾遺和歌集』岩波書店、1990年

和泉式部　短歌「あらざ覧…」▼『新日本古典文学大系8　後拾遺和歌集』岩波書店、1994年

崇徳院　短歌「瀬をはやみ…」▼『新日本古典文学大系9　金葉和歌集　詞花和歌集』岩波書店、1989年

落合直文　短歌「砂の上に…」▼『現代短歌全集　第一巻　明治四十二年以前』筑摩書房、1980年

小島なお　短歌「きみとの恋終わり…」▼『サリンジャーは死んでしまった　コスモス叢書974篇』角川書店、2011年

李商隠　漢詩「夜雨寄北」▼目加田誠　著『新釈漢文大系　第19巻　唐詩選』明治書院、1964年

杜牧　漢詩「贈別二首　其二」▼齋藤茂　著『新釈漢文大系　詩人編9　杜牧』明治書院、2020年

工藤直子「痛い」▼『小さい詩集　あいたくて』大日本図書、1991年

谷川俊太郎「ぴあの」▼『はだか』筑摩書房、1988年

阪田寛夫「練習問題」▼『阪田寛夫全詩集』理論社、2011年

作品さくいん

あ

逢いて来し夜は　室生犀星……138
あしのうら　西條八十……70
雨のうた　鶴見正夫……50
いき　まど・みちお……96
痛い　工藤直子……152
糸　中島みゆき……116
いのち　けやきだいさく（工藤直子）……52
イワンじいさん　帰ってきたなあ
～ベラルーシの歌（本橋成一『ナージャ　希望の村』より）……62
「おもろそうし」より
～琉球歌謡……123

か

会話　杉山平一……16
「角円線辺曲」より　江口あけみ……18
かなぶん　清水ひさし……54
かぼちゃのつるが　原田直友……58
〈漢詩〉　李商隠／杜牧……150～151
木　高良留美子……78
霧　はたちよしこ……15
蹴る　いとうゆうこ……106
原爆詩集・序　峠三吉……28
木の葉　小林雅子……48

さ

春殖　草野心平……11
千枚田　藤井かなめ……98

ソネット集18　ウィリアム・シェイクスピア／柴田稔彦・訳 …… 132

た

たねいも　鈴木初江 …… 44
球根　新美南吉 …… 40
〈短歌〉　額田王／石川啄木／与謝野晶子／権中納言敦忠／和泉式部／崇徳院／落合直文／小島なお …… 146〜149
小さな質問　高階杞一 …… 94
月が出る　小川未明 …… 46
月の歌　——琉歌三首 …… 124
月夜のシャベル　大久保テイ子 …… 102
月夜の浜辺　中原中也 …… 110
天気　西脇順三郎 …… 26
どこかで春が　百田宗治 …… 38

な

にわのバラ　石津ちひろ …… 60

は

〈俳句〉　波戸辺のばら …… 13
〈俳句〉　福田若之 …… 42
初恋　島崎藤村 …… 136
春　安西冬衛 …… 12
春の朝　ロバート・ブラウニング／上田　敏・訳 …… 126
ぴあの　谷川俊太郎 …… 154
不思議　金子みすゞ …… 108
冬の満月　高木あきこ …… 104
へび　ジュール・ルナール／辻　昶・訳 …… 10
望郷の歌　〜八重山・トゥバラーマ …… 125
報告　宮沢賢治 …… 32

棒高飛（ぼうたかとび）　村野四郎（むらのしろう）……24
ほうほう鳥　山村暮鳥（やまむらぼちょう）……64
ぼろぼろな駝鳥（だちょう）　高村光太郎（たかむらこうたろう）……68

ま

魔王（まおう）　ヨハン・ヴォルフガング・フォン・ゲーテ
／井上正蔵（いのうえしょうぞう）・訳（やく）……86
みち（紘子（ひろこ）に）　三井（みつい）ふたばこ……72
耳　ジャン・コクトー／堀口大学（ほりぐちだいがく）・訳（やく）……17
未来　谷川俊太郎（たにかわしゅんたろう）……34
胸（むね）の振子（ふりこ）　サトウハチロー……130
もう少しだけ　Ayase（YOASOBI）……140

や

矢と唄（うた）　ヘンリー・ワズワース・ロングフェロー
／水谷（みずたに）まさる・訳（やく）……30
雪　三好達治（みよしたつじ）……14
夢（ゆめ）で逢（あ）えたら　大瀧詠一（おおたきえいいち）……112
夜明けの歌　～アメリカ先住民族の詩
／金関寿夫（かなせきひさお）・訳（やく）……120
宵待草（よいまちぐさ）　竹久夢二（たけひさゆめじ）……134

ら

臨終（りんじゅう）の子　ハンス・クリスチャン・アンデルセン
／山室（やまむろ）　静（しずか）・訳（やく）……90
冷蔵庫（れいぞうこ）に　吉野（よしの）　弘（ひろし）……74
レモン哀歌（あいか）　高村光太郎（たかむらこうたろう）……128
練習問題　阪田寛夫（さかたひろお）……156

わ

われは草なり　高見（たかみ）　順（じゅん）……82

詩人・訳者さくいん

あ

アメリカ先住民族の詩　夜明けの歌……120
Ayase（YOASOBI）　もう少しだけ……140
安西冬衛　春……12
アンデルセン［ハンス・クリスチャン］
　臨終の子……90
石川啄木（短歌）……146
石津ちひろ　にわのバラ……60
和泉式部（短歌）……148
いとうゆうこ　蹴る……106
井上正蔵　魔王……86
ウィリアム・シェイクスピア
　⇒シェイクスピア［ウィリアム］
上田　敏　春の朝……126
江口あけみ　「角円線辺曲」より……18
大久保テイ子　月夜のシャベル……102
大瀧詠一　夢で逢えたら……112
小川未明　月が出る……46
落合直文（短歌）……148

か

金関寿夫　夜明けの歌……120
金子みすゞ　不思議……108
草野心平　春殖……11
工藤直子　いのち……52
　痛い……152
ゲーテ［ヨハン・ヴォルフガング・フォン］
　魔王……86
けやきだいさく　いのち……52

高良留美子　木……78
コクトー［ジャン］　耳……17
小島なお（短歌）……149
小林雅子　木の葉……48
権中納言敦忠（短歌）……147

さ

西條八十　あしのうら……70
阪田寛夫　練習問題……156
サトウハチロー　胸の振子……130
シェイクスピア［ウィリアム］
　ソネット集18……132
柴田稔彦　ソネット集18……132
島崎藤村　初恋……136
清水ひさし　かなぶん……54
ジャン・コクトー
　⇒コクトー［ジャン］
ジュール・ルナール
　⇒ルナール［ジュール］
杉山平一　会話……16
鈴木初江　たねいも……44
崇徳院（短歌）……148

た

高木あきこ　冬の満月……104
高階杞一　小さな質問……94
高見　順　われは草なり……82
高村光太郎　ぼろぼろな駝鳥……68
　レモン哀歌……128
竹久夢二　宵待草……134
谷川俊太郎　ぴあの……154

谷川俊太郎　未来……34
辻征夫　へび……10
鶴見正夫　雨のうた……50
峠三吉　原爆詩集・序……28
杜牧　贈別二首　其二（漢詩）……151

な

中島みゆき　糸……116
中原中也　月夜の浜辺……110
新美南吉　球根……40
西脇順三郎　天気……26
額田王（短歌）……146

は

はたちよしこ　霧……15
波戸辺のばら（俳句）……13
原田直友　かぼちゃのつるが……58
ハンス・クリスチャン・アンデルセン
⇒アンデルセン［ハンス・クリスチャン］
福田若之（俳句）……42
藤井かなめ　千枚田……98
ブラウニング［ロバート］　春の朝……126
ベラルーシの歌
イワンじいさん　帰ってきたなあ……62
ヘンリー・ワズワース・ロングフェロー
⇒ロングフェロー［ヘンリー・ワズワース］
堀口大学　耳……17

ま

まど・みちお　いき……96
水谷まさる　矢と唄……30

三井ふたばこ　みち（紘子に）……72
宮沢賢治　報告……32
三好達治　雪……14
村野四郎　棒高飛……24
室生犀星　逢いて来し夜は……138
本橋成一　イワンじいさん　帰ってきたなあ……62
百田宗治　どこかで春が……38

や

八重山・トゥバラーマ　望郷の歌……125
山村暮鳥　ほうほう鳥……64
山室　静　臨終の子……90
与謝野晶子（短歌）……147
吉野　弘　冷蔵庫に……74
ヨハン・ヴォルフガング・フォン・ゲーテ
⇒ゲーテ［ヨハン・ヴォルフガング・フォン］

ら

李商隠　夜雨寄北（漢詩）……150
琉歌　月の歌……124
琉球歌謡「おもろそうし」より……123
ルナール［ジュール］　へび……10
ロバート・ブラウニング
⇒ブラウニング［ロバート］
ロングフェロー［ヘンリー・ワズワース］
矢と唄……30

編者紹介

日本児童文学者協会

菊永　謙　（きくなが・ゆずる）

1953年生まれ。詩人。詩集に『原っぱの虹』（いしずえ）など、詩の評論に『子どもと詩の架橋　少年詩・童謡・児童詩への誘い』（四季の森社）などがある。本シリーズではおもに1巻の編集を担当。4巻に詩作品を収録。

藤　真知子　（ふじ・まちこ）

1950年生まれ。児童文学作家、詩人。物語の作品に「まじょ子」シリーズ（全60巻）、「まじょのナニーさん」シリーズ（既刊11巻、ともにポプラ社）、「チビまじょチャミー」シリーズ（全10巻、岩崎書店）など多数ある。本シリーズではおもに2巻の編集を担当。4巻に自作の詩、2巻に訳詩を収録。

藤田のぼる　（ふじた・のぼる）

1950年生まれ。児童文学評論家、作家。著書に『児童文学への3つの質問』（てらいんく）など、創作の作品に『雪咲く村へ』（岩崎書店）、『みんなの家出』（福音館書店）などがある。本シリーズではおもに3巻の編集を担当。

藤本　恵　（ふじもと・めぐみ）

1973年生まれ。児童文学研究者。近現代の物語や童謡、詩、絵本など、児童文学全体に対象を広げ研究をおこなっている。本シリーズではおもに4巻の編集と漢詩の書き下し文を担当。

宮川健郎　（みやかわ・たけお）

1955年生まれ。児童文学研究者。編・著書に『ズッコケ三人組の大研究　那須正幹研究読本』（全3巻、共編、ポプラ社）、『物語もっと深読み教室』（岩波ジュニア新書）などがある。本シリーズでは全体の編集と脚注、詩人紹介文を担当。

ポプラ社編集部

●協力　小林雅子、三好伸芳（武蔵野大学）
小笠原未鮎、木村陽香、藤井沙耶、森川凜太

装　画　カシワイ
装丁・本文デザイン　岩田りか
編集協力　平尾小径

シリーズ 詩はきみのそばにいる①
きみの心が歌いだすとき、詩は……

2025年 4月 第1刷

編 者 日本児童文学者協会+ポプラ社編集部

発行者 加藤裕樹
編 集 小桜浩子
発行所 株式会社ポプラ社
〒141-8210 東京都品川区西五反田 3-5-8 JR目黒MARCビル12階
ホームページ www.poplar.co.jp
印刷・製本 中央精版印刷株式会社
ISBN978-4-591-18458-5 N.D.C.908 /182p/19cm Printed in Japan

P7253001

きみの言葉がきっと見つかる

シリーズ　詩はきみのそばにいる

全4巻

日本児童文学者協会＋ポプラ社編集部　編

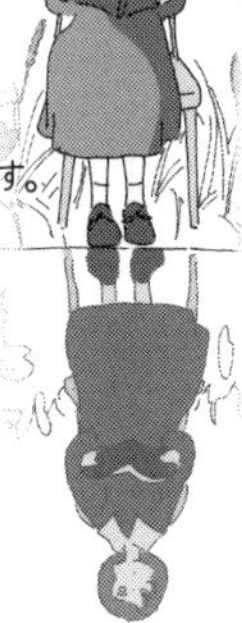

さまざまなジャンル、時代、地域の作品を集め、

詩の楽しさ、広さ、深さを伝えます。

古典作品や短歌・俳句も収録。詩との出会いの扉となるシリーズです。

❶ きみの心が歌いだすとき、詩は……

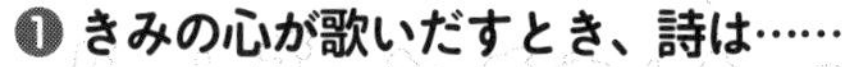

命の輝き、恋する気持ち、詩の言葉で心が広がる

安西冬衛「春」、金子みすゞ「不思議」、中原中也「月夜の浜辺」、

Ayase（YOASOBI）「もう少しだけ」、

「きみを想う――短歌・撰」、琉歌三首　ほか

❷ きみの心がゆらめくとき、詩は……

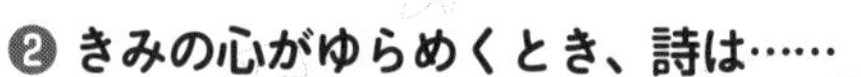

つらいとき、悲しいとき、きみを支える言葉と出会える

川崎洋「涙」、まど・みちお「うたを　うたうとき」、

新川和江「名づけられた葉」、坪内稔典「甘納豆十二句」、

「平家物語」（巻第一「祇園精舎」より）　ほか

❸ きみの心が駆けめぐるとき、詩は……

時間や歴史を題材にした詩で、自分を見つける言葉の旅

新美南吉「窓」、アーサー・ビナード「記録」、

茨木のり子「わたしが一番きれいだったとき」、孟浩然「春暁」、

「季節はめぐる――俳句・撰」　ほか

❹ きみの心がつながりたいとき、詩は……

遠くにいる誰かとつながる、心をひらく詩の広場

谷川俊太郎「言葉は」、宮沢賢治「永訣の朝」、最果タヒ「流れ星」、

リファアト・アルアライール／松下新土、増渕愛子・訳

「わたしが死ななければならないのなら」　ほか